La gatita Lucía en la playa

Lucy the Cat at the beach

Catherine Bruzzone • Ilustraciones de Clare Beaton
Texto español de Rosa María Martín

Catherine Bruzzone • Illustrated by Clare Beaton
Spanish text by Rosa María Martín

1 El dormitorio de la gatita Lucía.

2

3

Es un viernes.

Lucía se viste.

Hace calor.

---

1 Lucy the Cat's bedroom.

2

3

It's Friday.

Lucy is getting dressed.

It's hot.

4 ¡Lucía! ¡Lucía!

Ésta es la mamá de Lucía.

5 ¿Qué, mamá?

6 Son las siete.

Es tarde.

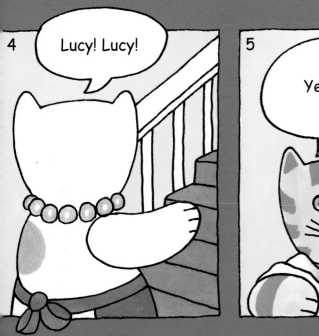

4 Lucy! Lucy!

This is Lucy's Mom.

5 Yes Mom?

6 It's seven o'clock.

It's late.

7

Hoy vamos a la playa.

Van a la playa.

8

¿Qué me pongo?

9

Ayúdame, mamá.

La mamá ayuda a Lucía.

7

We're going to the beach today.

They're going to the beach.

8

What shall I wear?

9

Help me Mom!

Mom helps Lucy.

Lucía se pone un abrigo.

Lucy puts on a coat.

Lucía se pone un vestido.

Lucy puts on a dress.

Lucía se pone unos pantalones.

Lucy puts on a pair of pants.

16 Ponte tu camiseta.

17 Y tus pantalones cortos.

18 Y tus sandalias.

16 Put on your T-shirt.

17 And your shorts.

18 And your sandals.

19 Y mi sombrero.

20 Y mis gafas de sol.

21

Sí, muy bien.

Lucía se pone un sombrero.

Lucía se pone unos gafas de sol.

19 And my sunhat.

20 And my sunglasses.

21

Yes, that's good.

Lucy puts on a sunhat.

Lucy puts on a pair of sunglasses.

22 Aquí está mi cubo.

Lucía toma el cubo.

23 Y mi pala.

Lucía toma la pala.

24 Y aquí está la cesta con comida.

Mamá toma la cesta con comida

22 Here's my bucket.

Lucy takes the bucket.

23 And my shovel.

Lucy takes the shovel.

24 And here's the picnic.

Mom takes the picnic basket.

25

Y ahora, vamos.

26

¿Estamos cerca?

27

Sí, mira.

Se van.

25

Now, let's go.

26

Are we there yet?

27

Yes, look.

Off they go.

Mamá se sienta.

Mom sits down.

30 ¡Mira, mamá!

31 Estoy haciendo un castillo.

32 ¡Qué bonito, Lucía!

Lucía está haciendo un castillo.

30 Look Mom.

31 I'm making a sand castle.

32 That's pretty, Lucy.

Lucy is making a sand castle.

33 ¡Mira, mamá!

34 Estoy nadando.

35 ¡Muy bien, Lucía!

Lucía está nadando.

33 Look, Mom.

34 I'm swimming.

35 That's good, Lucy.

Lucy is swimming.

Lucía está en un bote.

Lucy is in a boat.

El tiburón es fiero.

The shark is fierce.

Los niños pequeños están nadando.

The little children are swimming.

El tiburón nada muy rápido.

The shark swims very fast.

La gaviota tiene miedo.

El cangrejo tiene miedo.

Los peces tienen miedo.

The seagull is frightened.

The crab is frightened.

The fish are frightened.

48 ¡Vengan acá!

49

ucía sube a los niños
equeños al bote.

Lucía salva a los niños pequeños.

48 Come here!

49

ucy pulls the little children
to the boat.

Lucy saves the little children.

El tiburón se va.

Los niños pequeños están contentos.

The shark goes away.

The little children are happy.

Caption: Lucía come un helado muy grande.

Caption: Lucy eats a big ice cream.

Palabras clave · Key words

la gatita lah gah*tee*-tah cat	**hace calor** ahsseh ka*lor* it's hot	**mamá** mam-*ah* mom
la playa lah *plah*-yah beach	**el abrigo** ehl *abree*-goh coat	**el vestido** ehl ves*tee*-doh dress
grande *gran*-deh big	**los pantalones** lohs panta*loh*-ness pants	**pequeño pequeña** pe*kayn*-yo/ya small
la camiseta lah kamee-*seh*-tah T-shirt	**los pantalones cortos** lohs panta*loh*-ness *kortos* shorts	**las sandalias** lahs sandah-*leeyass* sandals
el sombrero ehl som*brair*-oh sunhat	**las gafas de sol** lahs *gahfass* deh sohl sunglasses	**el cubo** ehl *kooboh* bucket
la pala lah *pah*-lah shovel	**la comida** lah ko*mee*-dah food	**el mar** ehl mahr sea
el castillo ehl kas*tee*-yoh sand castle	**el bote** ehl *bohteh* boat	**¿qué es eso?** keh ehs *ehsso* what's that?
el tiburón ehl teeboo-*ron* shark	**nadar** nah-*dahr* swim	**¡cuidado!** koo-ee-*dah*-doh watch out!
la gaviota lah gavee-oh-tah seagull	**el cangrejo** ehl kahn-*gray*-ho crab	**el pez, los peces** el pehs, lohs *pehss*-ess fish
contento contenta kon*tehn*to/ah happy	**gracias** *grahs*-ee-ahss thank you	**el helado** ehl ehl-*ah*-doh ice cream

Address all inquiries to:
Barron's Educational Series, Inc.
250 Wireless Boulevard
Hauppauge, NY 11788
http://www.barronseduc.com

ISBN-10: 0-7641-3409-4
ISBN-13: 978-0-7641-3409-8
Library of Congress Control Number 2005929090
Printed in China
9 8 7 6 5 4 3 2 1